KB253194

아직도 남은 하얀 그리움

아직도 남은 하얀 그리움

송병탁 시집

새미

*작가의 말

남들은 등단하기가 무섭게 시집을 내고 곧이어 2집 3집을 통과하는데 10여년만에 첫 시집을 내니 부끄러운 맘 어데다 감추나

그나마도 學兄인 채수영 교수님의 채근과 성화를 견디다 못해 두손 번쩍들고 항복?을 한 것이어서 더더욱 그렇고 늦게나마 녹슨 머리를 긁어가며 쥐어짜는 머리에서 무슨 고상한 詩想이 뜨겠냐마는 그래도

창공을 떠도는 구름 한점에서

외로움을 느끼고

멀리 보이는 산둥성이 너머에

작은 마을이 그립고

가끔은
아련한 옛것들이 찾아와 살랑대는데
외면 할수야 없지
산속에 홀로 핀 나리꽃이거나
꽃샘추위에 고독한
제비꽃을 볼때면 무한 空間에서
自我를 찾고져 내면의
時空을 떠돌기도 하고
어찌했던 곰삭은 세월의 된장맛을 첫 시집에 담아내도
록 마음 써주고
격려해주신 채수영 교수님께 재삼 감사드리며 인연이

있는 모든 문우들이 拙著를 반겨 주신다면 고마운 기쁨
이겠습니다.

2011년 눈오는 날
미리울에서

*목차

^{1부} 간이역

2부 어머니

3부 할머니와 맷돌

4부 내 유년에는

5부 동행

1부 간이역

簡易驛

간이역엔
바람도 심심하다
때론
빈집인 듯
나비 한쌍 들다가고
역장은
철로를 서성이다
풀 한포기 집어내고

驛은
사람을 기다리고
사람은
汽笛을 마중하고

열차가
콧김을 빼면서

서서히
꽁무니 감추면
기다림은 또
혼자서
벤치에 앉아 있다

첫눈 오던 날 1

첫눈이
기별도 없이 내리던 날은
먼 곳에서 다가오는
그리움이 있었지

첫 만남의
잊혀진 순간들이
하나 둘씩 추억으로
가슴에 와 쌓일때면
아직도 남은
설레임이 두근거렸지

한점
흔적도 없이 가버린 넌
시한부로 와서
아쉬움만 남긴 미련이었지

짧은 만남은
그렇게 오는 듯 떠났지만
그래도
첫눈 오던 날은 포근했었네

첫눈 오던 날 2

올 들어
첫눈이 내립니다
지난 날
못다한 정
소복히 쌓입니다

살아생전
무명 적삼으로 조이시고
천일염 간을 맞추며
세월을 깁던 당신

청솔가지 눈물
아직도 남으셨나요
못내
아련한 당신
그 빈자리에

첫눈이 녹아 내립니다.

초가집

도시로 가자는

성화를 못이겨

빈집만 남겼다

솔잎 태우던 아궁이엔

빈바람만

들락

날락

죽기전에 한번은

내려 온댔다고

초가집은

외로운 기다림이다

너는 나에게

창가에 기대어
외롭다 할 때
너는
나에게
무슨말을 해줄수 있겠니

하얀눈 포근히 내리는날
함께 거닌다면
너는
나에게
어떤 느낌을 줄수 있겠니

억누를 수 없는
설레임으로
그리움을
감당할수 없을 때

너는
나에게
어떤 모습으로
다가올수 있겠니

누야야

시제답
어우리 소
장리쌀 이자도 안나와
가난을
정으로 삼았지
등걸 잠뱅이 찌든 땀내
구수했고

칼국수 밀때면
국수 꽁댕이에 입맛 다시며
귀찮게 굴었지

줄부채 투덕이며
모기쫓고
좀생이별 찾던때를
이제는

잊고살지
긴세월에 묻어가면서

가을비 오는 날에

낙엽 떨구는
가을비 오는 날엔
그저
혼자라고만 생각하자
그리워도
미워도 할것없이
세상일 접어두고

잠시라도
텅빈 마음으로
작은 시집
여나무 줄 읽다가
가을비 불러내거든

우산속
연인되어

가을의 소리 들어보자

꿈

꿈에서 만나
얼토당토 않은 사랑을
나눴네

꿈속 만남도
사랑이라고
미안한 비밀이고 싶네

만약에
그녀도 같은 꿈을
꿨다면…

한가한 오후

흰 구름
가는 듯 멈춘 듯
늘어진
뻐꾸기 소리

연(鳶)

별

한움큼

따고 싶어

꼬리치는 헛손질

바람

멀미에

빙빙 돈다

노을

낮술
한잔 먹고
구름에 취해
뒷짐 지고
가는 나그네

텃밭

열무씨 좀 붙였드니
비둘기 놈이
쏙쏙 빼 먹어
화가 나 쥐약을 놓았다

얼마만에
두 놈이 오더니
눈알만 굴리다 간다
고놈
참 용하다

환생

산소에
할미꽃 피면 할미꽃
무덤에
뻐꾸기 울면 뻐꾹새

이담에
무엇으로 환생할까

새들은

새는
새집에만
알을 품는다
묵은 집은 세도
안 나간다

치매(癡呆)

바늘귀도 밝아
꽤나
정정 하시더니
손주를 뉘집애냐
며느리는 형님

내 집도
못찾는 눈 뜬 장님
눈감고 가는길
따뜻한
봄날 가셨다

아흔 고개를 못채고

약이라면

눈들이 발갛다
지렁이
굼벵이
쇠뜨기까지
씨를 말린다

약에 쓰려면 개똥도
없다는데

눈물

올해로

아흔을 넘기신 이모

내 아니면 니가

옐 왔겠냐며

내 속으로 난 새끼보다 낫다고

손바닥 만한

텃밭땜에 쌈질

코빼기도 안 디민다고

속절없는 눈물

팔자

조합빚 내 공부시킨
아들이 모신대도
손놓으면
땅 묵을라 꿈쩍도 않네

땅 파는것도
다 내 팔자란다

그때 그 소녀

지난 날
그리움은
하-
세월을 곰삭인 아득한
점 하나

행여
길에서 마주 친대도
이젠
모르고 스칠 나이

영
영
묻혀질 그
시린 생각에
눈을 감고

징검다리

추억의 징검다리
건너다보면
외롭게 나 앉은
그리움 한점
혼자서
떠나는 한조각 구름보면
공허한 세월의 노래
하늘과 바다사이
하얗게 부서지는 파도

짝사랑

이내
하지 못한 고백
어찌 하든
작은 눈짓이라도
보냈어야지

만남 없는 헤어짐도
이별이라고
남 몰래
그려보는
그때 그 사람

無題

하늘과
구름사이
아무것도 없는 것 같지만
바람이
알몸인 것을 알았다

봄
여름
가을
겨울
덧옷을 입은 것들은
알몸일 수 없다

어제와 오늘
허물을 벗지 못하고
바람도

구름도 아닌 것은 나였다

이정표

수평선
바라보면
멀리 가고 싶고
큰산에 서면
봉우리 오르고 싶다

바다도
산도
아닌 여기서
나는
어디로 갈까
알수 없는 이정표

예감

삭신이
나른 나른
굴뚝연기 내리깔면
필시 날 궂는다고

맞기도
틀리기도 하는
울언니 일기예보

어쩌다 맞추면
거 봐라
내 뭐랬냐며
비 설겆이
종종걸음

2부 어머니

어머니

걸핏하면
집나간 서방
이제나
저제나
먼 산만 봤다지
청솔가지
부뚜막에 흐르는 눈물
속울음 삭였다지

그믐밤

- 할아버지

냉골내 나는 사랑채 돗자리가 등에 붙었는지

안채로 오시래도 고집하신다

초저녁부터 하현달 붙잡고 가쁜 숨 몰아쉬며 해 해 하

신다

「올겨울은 못넘기겠다며」 별들은 이슬되어 뜨락에 쌓

이는데

손주를 보다가

앙증맞은 가위놀이
할아버지 뽀뽀
들은체 만체

가위를 뺏고
뽀뽀해야 준단말에
건성 입맞춤

너무 일찍
가르치는 이해타산

봄바람

빨강

노랑 粉바르고

기어코

바람 났네

진달래

개나리 홀딱 벗었다

까딱 하다간

나도 바람 나겠다

소문나면 어쩌나

어느 봄날

저수지 길을 지나 우리동네 주차장엔 버스가 드물다
서둘러 나선길이 꽤 일렀던지 이내 졸음에 겨운 고목
동 할머니
햇살 흰 적삼에선 엄니 냄새 솔솔
이 봄 가고 다음 봄 오는 동안 할머니의 묵은 세월은 또
얼마나
바래질까

보릿고개

보릿싹
너울너울
찔레꽃 필때면
빈 독에 바구미도
같이 굶었네

어느 봄날에

봄
봄
화사한 봄날

진달래
진달래들
앙가슴 풀 헤치니
실개천
빨래가던
점순이가 그립고

개복상
줄줄이 붉는
四月이 오면
장독대 금줄 두르던
엄니가 생각 나서

春風이 살랑이는
봄날
이 봄날엔
괜스리
시름
시름
봄앓이를 한다

봄 오는 길목 1
- 어머니

春三月
장지문
잔설에 열고
장맛보던 어머니

올봄엔
아낙이 합니다
생전
하시던 그일

봄 오는 길목 2

개나리

노랑

노랑

버들가지

보송

보송

눈 부비는 개동백

봄 오는 길목 3

잔잔한 三月
시름겨웁다
옛사람
하나
둘
잊었다는데
봄은
다시 내게로 와
살랑 살랑

봄 오는 길목 4

(1)

옷깃에

냉기 스며 아직은 이른데도

삭정나무

군불로 봄을 재촉하더니

꽃샘은

바람나서 소문만 무성하다

(2)

토담가

냉이꽃은 연하게 粉바르고

찬 햇살

스산함에 옷고름 여미고서

때 이른

봄맞이가 겸연쩍어 수줍다

봄 오는 길목 5
- 어머니

화롯불

뚝배기에

냉이장 보글보글

숯검정

장맛 거르던 九旬老母

장

찍어보러 오셨다

봄 오는 길목 6

벼 끄트럭이 겨우내 지키던 논배미엔 개풀이
함박 돋고 돌메나리가 납작납작 엎드렸다
우수 지나고 봄냄새가 창문을 열면

겨울명절 다 가고 허리 휘일만 남았다는
늙은이 서넛
등골빼 땅 파봐야 남는게 뭐 있느냐며
노가리 연기 꾸역꾸역 피운다

봄 오는 길목 7

제비꽃
찬바람 바르르
남풍으로
환생하는 어린 것들
아직은
춥겠구나

봄 오는 길목 8

꽃샘 추위
옷깃 스며
봄은 아직 이른데도
개동백은
안달이 났다

春四月 이쯤이면
봉당뜰 햇살 펴
씀바귀
고르시던 어머니

빛바랜 세월
쌉싸한 그리운 母情

봄 오는 길목 9

지난 날의 흔적

둑방길

잠시 쉬어 가는 冬眠

봄 여는 소리

들릴 듯 말 듯

제비꽃

빼꼼히 내다보네

봄 오는 길목 10

님이 온다는 기별에
진눈개비
오후가 따뜻하다
님은
남향에서 봄을 몰고와
백년을 피고
천년을 지고
새악시 보을 눈 맞으러 오나보다

민들레

노오란 현기증
사랑을 질투
하얗게 머리 풀어 긴 여행
어떤 사연일까

3부 할머니와 맷돌

할머니와 맷돌

할머니는
맷돌과 함께 살았다
타드는 가난에도
맷돌을 돌리며 속으로 울었다
할머니는
맷돌과 함께 恨을 풀었다
집나간
지아비 감감 소식에도
아 에미
몸져 누웠을때도
맷돌을 돌리며 시름을 달랬다
할머니는
묵은 세월에 얹혀있고
맷돌엔
묵은 먼지 쌓였다

외할머니

아무렇게나 깎은
청려장 짚고
잔등 넘어오신 할머니

속곳
주머니 뒤적여
담배가루 묻은 사탕 내시고

핏기
바랜 손등은
묵은 세월만큼 검버섯

담배 한 대 마시며
남은 餘生
조용히 사신다

pen pal 그후 40년

대한극장 육교
처음 만났던
하얀 칼라 여고생

충정로 3가 7통 9반
그녀가
그리워지는 까닭은

아름다운 이별

우리
헤어지는 날은
촉촉이
이슬비 나렸으면 좋겠네

우리
헤어지기로 한 날엔
그리움 쌓이는
첫눈이 나렸으면 좋겠네

하여
훗날
먼 훗날
이슬비 오거나
첫눈 나리면
추억으로 만났다 헤어지는

아름다운
이별이고 싶네

겨울 산

산속은

깊은 冬安居중

바르르

남은 잎 하나

부질없는 집착

섣부른 짐작

먼동이 트이면
두부 장수
고물 장수
개장수 확성기에
동네 개들이 아우성

간밤엔
뒷집 개를 끌어가고
그젯밤엔
철문짝을 뜯어가고

필시
장사꾼
그놈들 짓일거라면서도
내눈으로 못봤으니
섣부른 짐작일 뿐

가을 斷想 1

갈대밭 사이사이
둥지트는 바람소리
원추리 꽃
진 자리엔 하얀 구절초
아주 멀리 잊혀진 것들이
하나
둘
제자리에 와 앉고

가을 斷想 2

철새
떠난 자리
하얀 추억
도란도란 그리운 것들
쏴아
쏴아
갈대밭첫눈은 오지 않고
낙엽진 가지마다
침묵
침묵
있는 듯 가는 듯
훌쩍 떠난 자리

첫눈은
올 듯 말 듯
까닭 모를 기다림

그때

눈송이는 포근했었는데

가을 소묘

억새꽃
구름인 듯
너울진 둑방
비비새 빈 둥지
가을이 세들었네

당숙모

고살길
돌아 외딴터
九旬을
훌쩍 넘긴 당숙모
눈
귀도 밝은데
어여 가야 한다고
말인즉 그렇다만
속맘도 그럴까

어떤 이별

눈가에
조용히 흐르는 눈물
미안해
미안해
그리고 사랑해

용광사

비아매기
용광사 가는 길은
돌밭이다
손바닥만한 암자
나앉은 해우소(解憂所)

불자야
오던말던
제맘이란다
달마를
빼닮은 법운스님

* 비아매기: 용광사 골짜기

밤눈

화롯불
다독이고
군불
지피던 아랫목 사랑
소복
소복
밤눈 내리면
素服한 어머니
문밖에서
잘들 있느냐신다

찔레꽃

하얀粉

짙게 바르고

홀딱 벗었구나

기어코 일 내겠다

봄바람

봄바람

달 밝은데

잠
안올바에야
어서 나오란다
달빛 깔아놓고
이슬 한 잔 하잔다.

설봉 연가

영월암 풍경소리
속진을 벗으라하고
구암수 한모금
번뇌를 씻어내려
복하천 굽이굽이
<u>흐르고 또 흐르고</u>

백청자 구워내어
태곳적 은은하고
설봉의 호연지기
고을 골 감싸안아
넉넉한 풍요로움
구만리에 내리내리

박

해와

달

누구와 情 통했나

만삭(滿朔)이네

지붕 위 박덩이

미리울 연가

무자식
상 팔자라지만
입동(立冬)달포 남기고
耳順딸이
모시러 왔다

쓸만한 살림은
눈씻고도 안보여
수의(壽衣)한벌 달랑
끌안고 나서

돌아보고
또 돌아보는 메마른 눈물
떠난지
한 해도 안돼
돌아가셨다고

연가(戀歌)

밤하늘
한줄기 은하를 타고

하나의
작은별
반딧불 되어

비가
오는 날에도
내게는
별과 사랑이 보인다

아까시아 꽃

귀빈을
기다리는
아름다운 아까시아
분주하게 차리는 음식내음
지나던 벌 손님
쉬고 가려하네

* 고등학교 때 쓴 국어 숙제

不眠

별빛 총총

고요

고요

멀리 삽살개 짖는소리

문풍지

한 줄기 빛

머물다 간다

望夫石

그리운 것들이
하나 둘
허공에 맴돈다
무념으로
한세월
가고 또 가고
고절(高節)한 망부석
석양에 노을 진다

말기암 병동

밤과
낮이 하얗다
창백한 시간
체념
숙명으로 다가서긴
너무 이르다
멈추지 않는
시계소리

^{4부} 내 유년에는

아버지

\- 내 幼年에는 1

소싯적
호롱불에
누야 손 잡고
쉿골 주막집

불꺼진
툇마루에
세상 모르는 아버지

푸덤째나 썰던
우리 엄마

제비집

- 내 幼年에는 2

도란

도란

오두막 집

노오란 행복

봄바람 물고 다시 온다고

문 열어 놓고 떠났네

소리
- 내 幼年에는 3

첫 새벽이면
자주 감자 굵고
겉보리 닦고
조선낫 가는 소리

목화밭
개똥참외는 더디 익어
솜털만 보송송
해 저믓도록
소 뜯기다 오면
어머니는
화덕불에 국수 삶고
타닥
타닥
밀집 타는 소리

뻐꾸기 울음
- 내 幼年에는 4

삠비기 뽑고
찔레순 꺼다
까치밥 비비고
그때
진달래는 유난히 붉어
한웅큼만 씹어도
입술은 퍼래지고

그제나
저제나
뻐꾸기는 늘어지게 울어댔지

부처바위
- 내 幼年에는 5

홀쩍코 쓰윽

문지르고

주전자 달랑달랑

가재잡이

돌멩이 들추며 얼마쯤 가다보면

떠-억

버티고 있는 부처바위

더 올라가면

호랑이 나온다고

그만

내려 가란다

아이스께끼
- 내 幼年에는 6

개구리 굽고
오이
과일로 삼던 시절
아이스께끼
목청 돋는 소리

찬장에 아껴먹는
참기름병 바꿔먹고
어찌나 혼났던지

묵정밭

- 내 幼年에는 7

찔레꽃 가뭄엔
뻐꾸기 소리로 쉰다
松肌껵고
소풀 뜨끼던 때

다랑밭 뙤약볕에
해골 벗는다던 어머니
그
묵정밭에
깊은 잠 드셨다

술조사
- 내 幼年에는 8

가난이
뚝뚝 떨어지던 시절에도
누룩 띄워
고두밥 짓고
農酒를 담았지

담근지
사나흘 지나
익는 내 솔솔 나면
마루밑에 감추고

한낱
소문없이 술조사 나와
윗동네가 숨죽일 때
약삭빠른 이장

닭잡아 대접

술조사는
술만먹다 그냥갔지

소나기
- 내 幼年에는 9

마옥산이
컴컴해 오면
분명
소나기 쏟아진다고
호미자루 놓고
냅다 달려와
고추멍석
덮느라 정신없는데

굵은 방울
몇개 뿌린 먹구름장
쓰-윽 지나간다
올려면 오고
말려면 말던지
중얼중얼

머리수건 고쳐쓰고
다시 나가신다

편지
- 내 幼年에는 10

읍내에서
자전거로 온 우체부 아저씨
한겨울
눈이라도 털썩 쌓이면
사랑방 신세

세월은 유수라며
구구절절 시집살이
늙은 에미
한숨 되 담아가고

겨울밤
- 내 幼年에는 11

엄동에
깊은밤
화롯불도 잠들고
꼬-옥 껴안은
엄마 젖가슴
고슴도치 사랑

할아버지

- 내 幼年에는 12

도장골 뙈기밭

졸랑

졸랑

따라가면

솔가루에

송장메뚜기 구우며

숨가뿐

해수소리

까마득한 옛날

호박꽃

푸짐하고
넉넉한 웃음
부잣집 맏며느리감

호박꽃이 어때서

보릿고개 단상

갈잎 꺾어
봄 논갈이 한창일때면
주전자 꼭지에 놋저를 꽂고
무 말랭이 안주로 새참을 내갔지
종종걸음으로
미류나무 서있는 뚝방길 건너
산모롱이 돌아서면
저 건너 산 다랭이에
광목 적삼을 입고
애벌 논 가는 아버지가 보였고
이른 조반에
서둘러 나가 이제껏이니
아마몰라도
이랑 이랑을 돌적마다
몇 번이고 건너다 보셨으리라

군데 군데 무더기로
환한 조팝나무를 지나고
매콤한 찔레꽃 스쳐
논머리에 다다르면
주인도 소도 잠깐 쉴참였지
배가 말갛도록 파먹은 거머리를 떼내며
구정물에 대충
정강이를 씻고 허리 한숨 돌리고는
막걸리 한 사발에
허기를 달래셨지

품팔이 소는
두눈을 지긋이 되새김으로 쉬고
아버지는
엽초 말으시며 어이 가거라 하셨지

나리꽃

심

심

산골

소박한 첫사랑

나리꽃 순정

머슴집 아들

토담집에서 자란 머슴집 아들 눈총깨나 받으며 컸는데
한날 제법 몸꼴을 내 까만차를 몰고 뻐기고 왔다
청주 한 병 들고
있는 재산 다 녹여 유학시킨 큰집 아들은 땅 파느라
등골 빠지는데

오뉴월

산골밭

해 저뭇도록

잡풀에 시름겹고

빈독에

쌀한줌

바구미 갉는 소리

허기진 오뉴월엔

땡볕도 메말라

마디 마디

웅얼진 보릿고개

농심

경쟁력 보조금에
낚시밥
코 꼬였다

진작에 때려칠걸
조합빚
연체연체
타드는 농심

특색사업
郡 서기는 코빼기도
안 내민다

부석사

苦行의 길
竹嶺
휘이 휘이 袈裟자락
古古한 세월
빛바랜 단청
향 피우는 염화미소

山寺에서

다-
비워야지
入山한지 몇 해
엉뚱한
구름 가는 곳

世俗의
因緣은 아직도 있어
소쩍새
풍경소리에
뒤척이는 밤

老農心 1

농삿일은
이제 헛일인지
이리떼고
저리떼면
남을 것도 없다고

땅마지기 팔아가며
유학 시키는데
옆집손자 고등과만 나와
면서기로 짭짤해보인다
요즈음은
땅 흥정만 잘해도
떼돈 번다는데

老農心 2

근근득생
대학마춰
원 풀었댔는데
웬 소리여
농사지러 온다능게
동네사람
부끄러운건 둘째치고
네느믄
약골이라 안되여

뼈 빠지게 땅 파봐야
등골만 잡는 베벼
아예
꿈도 꾸지말구
따끔도 마라
이늠

농촌모정

손마디
옹이 옹이
발뙤기 부쳐봐야
남을건 뻔한 일

친정이라고 오면
싸주는 재미
땀 쏟아
담은 情
알아도
몰라도 그만

5부 동행

이슬처럼

밤새껏
쏟아낸 별들의 눈물
영롱한 이슬로 환생했네
만약에
훗날
먼 훗날에
내가 다시 태어난다면
밤하늘
초롱한 별이 될 수 있을까
밤새 내린 이슬처럼…

不孝

- 뻐꾸기

노동판

등골빼

애지중지 길렀건만

기른정 간데없고

낳은정 피붙이

이런

후레자식 봤나

뜨거운 이슬

느티 나무 껍질
겹겹이 묻어둔
세월

갓 마흔에
요절한
친정 오라비 생각

속마음
꾸-욱 누르는
침묵을 못 참고

눈가에 맺히는
뜨거운 이슬

同行

길을 가고 가다보면
지름길도 있고
도는길도 있네

사람
사람마다
가는길 달랐어도
종착역은 다 거기

너와
나는
진작부터 동행였을거야

앞서간 이들도
거기다 내려있고…

거미

허공에 그물
간밤엔
달과 별도 빠져 나가고
기다림만 걸렸다

방앗간집 아저씨

방앗간집 아저씨가 米壽를 바라보는 나이에
조강지처는 상처하고 후처만 달려 내려왔는데
송장치를 궂은 일이 신세스러워 눈치 보인다더니
시름시름 몸져누워 기어코 팔월 명절에 돌아갔다
내 목숨 끊어지더라도 명절은 피하기를 학수고대 했는
데…
원망은 듣지 않은 방앗간집 아저씨

고독

외로운

별 하나

사랑하고 싶다

가까운 듯 멀리

약속없는 기다림

이유없는

가슴앓이를 한다

하얀 박꽃처럼 지새는 밤

만나고 싶은 사람들

그리워 온다

삶

이제껏
보낸 歲月
채반에 담아보면
바람에
부대끼던
낙엽만 몇잎

그리운 날
뒤돌아
저울질 하면
가벼웁게
매달린
追憶들이 몇냥

남은 歲上
살아갈 날

됫박에 담아보면

다 부어도

모자라는

아쉬움 뿐인걸

수녀님

하얀
구름에
얼굴을 묻고
세속의 뜰 쓸며 간다
수행의 빗자루

이포 나루

목선으로
강 건너
세월을 나르시며
물 안개
가르시던 아저씨
채곡
채곡
나이테 두르시다
극락으로 승천했다

구름으로
나그네 되어
샛강에 머물다 간다

첫사랑

찔레향 5월
불면의 시간에
두고 두고
영상져 오는 사람
아쉬운 이별

눈감아
아득한 그날
아직도
타다 남은 미련

재회

추억이
곰삭은 뒤안길 설레는 맘
무엇으로 달래나
박제가 된 옛것들이
불현 듯 그리워 오면
호호 불어 살려볼까

기-인
긴
먼 훗날
朱木으로 만난다면
서로 알아나 볼까

臨終

저승길도
여행인 듯 엷은 미소
깊은잠 드셨네

막내딸은 몰라봐도 이웃사는 당질만은
알아보다가 곡기 끊은지 벌써 엿새째
가랑잎처럼 마른 입술은 새 오줌만큼의
물도 힘에 부쳐 아예 입다물고 반드시
누우셨다

이제
알아볼 사람도
몰라볼 사람도 없는
순간에서
영원으로 잇는 時空
바람에 와 있다

옥수수

나을 때부터
수염 붙이고 에헴소리
꽃인 듯
꽃도 아닌 것이
꽃인체 하다

삼복더위 먹고서야
철들었네
하얀 이
알알이 곧게 박혔네

샘지 할머니

현관문에
반질한 애호박 두 개
어느날은
가지 또 오이
오늘 아침엔
찐 옥수수 세 개

잠 깨울까봐
슬그머니 놓고 간걸
말안해도 다 안다
샘지 할머니 다녀간거

구순 연세에
아직도 정정하시다

세월

바람인 듯
구름같이 가다보면
잊혀질 듯
그리움은 세월의 강
추억으로
흐른다

쪽박 차고

귀동이
귀동이로
千石꾼의 장손
아들 귀한 때
고추만 줄줄이 달아
부럽다 했더니

일찌감치 난봉 나
딴살림 하더니
늙으막에
쪽박차고 돌아와
情떼고 남남

섣달 그믐 날
냉구들에 눈감았다고
소문소문

설봉에 올라보니

설봉에 올라
칼바위 마주하니
내
오롯이 버티고 있는 것은
풍상을 견딜줄 아는
인내를 배우는 중이라고

영월암
계곡에 흐르는 물이
아래로
아래로 흐르는 것은
무작정 가는 것이 아니라
겸손을 배움이라고

원적골
반룡송이

사시사철 푸르게 서있는 것은
그냥 서있는게 아니라
청렴을 배우는 중이라 하네.

암자(庵子)

부처는 출타중
少僧은 한가롭다
저기
구름간다

목욕을 하면서

따뜻한 물에
때가 곧잘 밀린다
머리부터 발끝까지
허나
밀어도
밀어도
닦이지 않는 마음의 때
어찌 할꼬

나이 탓

동창회 관광을 가서 땀흘리는 막춤에는
그런대로 한몫 하다가 빙빙도는 춤엔 구경만 한다
한번 배워볼까 다짐하지만
나이탓에 포기 하는 춤

천당과 지옥

평양이나
달나라에
갔다 온 이는 있어도
천당
극락을
갔다 온 이 없네

내
가 보면 알테지만
다시 올 수 있을까

시월의 노래

가을은 모든걸
날더러
잊으라 하고

시월은 조용히
나보고
떠나라 하지만

손
꼬-옥 잡아
낙엽 밟던 소리

덜익은
머루랑
내버려 두고
追憶을-

사랑을-
離別하는 일은

나에게
서글픈
시월의 노래입니다

6부 그리웁다 하는 날은

옛적 겨울

군불 지펴
쇠죽 끓던 어릴적
문풍지 우는 소리 선잠깨면

손주놈
고추보는 재미
먼동이 텄네

그리웁다 하는 날은

마음에
안개 자욱한 날엔
그리움에
묻어둔 사랑을 꺼내보고

참을수 없는
空虛를 매울수 없을땐
잊혀져가는
追憶들을 생각하자

주름진 歲月속
아물지 못하는 아픔들로
그믐밤 지새는
孤獨이 외롭다하면

그리운 사람들~

잊어서는 아까울
옛날들을 반추하며

하늘과 땅이 닿은
산 넘어
저 너머에
그리움을 노래하자

칠장사 가는 길

가을이
물드는 소리
산사 가는길
임자없는 감나무
연시 떨구고

빛바랜 단청
혜소 국사비는
태고의 숨소리
산모롱이 돌아 허름한 주점
목 축이고
손 꼬-옥 잡아
낙엽 밟는다

서희 선생을 기리며

구만리 기름진 들에
터잡고
백두산 정기받은 대대 손손들아

요동벌 휘젓던 말발굽
함성의 그 영광
지금도 너의 핏속에 흐르고
심장에 박동치노니

호연지기 갈고닦아
하늘 찌를 듯
억센 힘
부릅뜬 눈으로
서희 정신 이어받아
쩌렁쩌렁 호령하고
말고삐 채찍하며

만주벌 요양성으로
힘껏 활 당겨 진군하자

아~
여기까지가 우리땅
더 높게
더 광할하게
깃발 꽂고 튼튼한 성 쌓아
서희정신 기리며
고려의 기상 당당히
둥~둥~둥
북을 울리자

원조(元祖)

검버섯 핀 할매가 막국수 말아 근근히
삼남매를 키워왔는데 이포다리가 놓이고부터
나룻배는 밀려나고 막국수가 별미되어
돈벌이 된다는 소문에 너도나도 막국수집을
내고 저마다 元祖간판
당신의 원조는 어디인가

도둑

벌 기르기 삼년째
아까시아
어찌나 흐드러지던지
재주 치고는
제법 꿀을 땄는데

웬걸
간밤에 도둑맞고
분을 못삭이는데

네놈은
도둑 아니냐며
화끈하게 쏘는 벌

출가

(1)

향내음

風磬소리

구름 좇는 나그네

바랑에

탐욕담아

머-언 길을 떠난다

世俗에

얽힌 인연

뒤척이며 지새는데

접동새는

이슥토록

달래다 지쳐가고

(2)

새벽녘
범종소리
설친잠 깨어나니
번뇌는 낙엽되어
뜰 아래
쌓였는데

구름은
저만치서
마음 머무를 곳
네안에서
찾으라 한다

어떤 歸鄕

늦가을
立冬서리 내리면
싸립문
황토뿌려 금줄매고

잡귀쫓는
굿거리에
신명나던 봉골댁

엊그제
그 아들 만수가
夭折하고
고향에 묻히는데

장승골 무당도
만수엄니도

저승간지 오래고

허공에
떠도는 넋
뻐꾸기 울어 달랜다

5日場날

5일장에 가 보면
산이 있고
바다도 보고
사람들을 만난다

두릅나무
산채향이
산을 몰고 내려왔고
멸치떼며
동태가 바닷물을 풀어 놓는다

허름한
장꾼들이
욕심없는 흥정하고
뻥튀기 소리는
이따금씩 강냉이를 토해낸다

개장국집
화덕에서 장작불이 구수하고
아리랑집
목노에는 막걸리가 찰름 찰름

푸줏간 모퉁이
냉이 펴 놓은 할머니는
손주녀석 용돈벌러 나왔다고 했다

어느새
비좁은 대폿집이
떠들레 거나하고
국밥집
가마솥이 한참 달아 오를때면

5일장 사람들은

한데 어우러져

사람 냄새를 풍긴다

낚시

기다림을

던졌더니

강건너 구름이 걸렸다

유혹의 언저리엔

피래미만

뱅뱅 돈다

탐욕엔 아무것도

걸리지 않는다

즐거운 거짓말

잠자리 잡고
개구리 굽던 소꿉동무
耳順에
길에서 만났다

자네
많이 늙었구먼
자넨 아직 팽팽한데

언뜻보아
나을거 없지만
즐거운
거짓말

아서라 아서라

法雲스님이
심심한지 오래서 갔더니
낯선 중이 들러
인연법을 떠드는데

잠자코 듣던 아랫말 노인
사람 사는거 다
제 팔자고 하느님 뜻이라고
섣부른 대꾸에

客僧은 발끈하고
늙은이는 찔끔한다

아서라 아서라
심심커든
향내나 맡거라

풍경이나 듣거라

먼저 가야 하는건데

한때는
머슴같이 일만 하던 그가
술로 한 세월
밤낮없이 마시더니

오월 초순
뒷동산을 베개삼아
달랑 소줏병만 놓고 갔다

그놈의 술
술이 웬수라며
마른 눈물 훔치는 팔순노모

가슴에 묻은 자식
죽기전에 잊혀질까
내가 먼저 가야 하는건데

고목에 꽃이 핀대도

九旬
어머니가 갑자기 쓰러져
중환자실에 누웠다
칠남매가
우르르 몰려와 울고불고 난리를 치더니

나은다해도
누워서 산단 말에
네미락 내미락 모실놈이 없자
호흡기를 떼 선산에 묻었다

그뒤 삼년이 지나서야
울엄니는 내가 죽였다며
술만 들어가면
눈물을 떨군다

고목나무에 꽃이핀대도
소용없는 절규

그 불효는
평생 가는 병이다

空

바람은
코가 없고
눈이 없으니
이쁘거나 밉지도 않네
있지도
없지도 않으면서
하늘이고
빛이고 소리
밝고 어둠에
순응하는 바람은
해탈했네
그래서 空이네

제삿날

대 이은
박달나무 다식판
쌀
깨
송아 다식
지방(紙榜)으로 맛보신다

한우

쌀뜨물
꼴 새기며
밭고랑 일구던 워워소리
아-
옛날
꽃등심 차돌박이 마블링
들여다본다

새똥에선 왜
　　구린내가 안날까

새 한 마리
똥 깔리고 간다
보리수 알 만큼 하얀자국
싸리꽃
찔레향

새똥에선 왜
구린내가 안날까

어떤 喪主

問喪을 갔는데
왠일일까
상주의 표정이 희희낙락
똥오줌 못 가리다
얼른 잘 돌아갔다고

망인의 손자 왈
그럼 아버지도 얼른 돌아가야겠네

내려다 보던
영정이 화났다
에이 고얀놈들

암 병동 609호

한잎
두잎
목련이 진다
그토록
놓을수 없던 마지막 잎새
마져 놓을 수밖에

순간에서
영원으로 가는 이정표엔
「마지막」 글씨

망치

주먹
주먹으로 산다
대폿집 마당
평상을 만들때도
부러진 낫자루
못을 박을때도
때리고
박고
두들기는
내 주먹은
허가 받은 폭력

체면

이천
오일장엔
개 한 마리 달고
구걸하는 노인이 있다
장꾼들
耳目쯤이야 대수냐고
한치도 떨어지지 않는다
세상엔
개만도 못한 사람
꽤 많다는데

비밀

엊그제
나 이런일 있었는데
절대
말하면 안돼
누구한테도

얘
누구는
이런일 있었다는데
절대로
너만 알고 있어

누가
그러는데 너
그런일 있었다며
내가

그랬다고
절대로 하면 안돼

너나
나나
절대로는 못 믿어

국회

당사는
국내 유일 기업
부도 염려 절대로 없음

전과나
사면 경력자
특히
폭력 전과자 대환영

주식회사
여의도 백

어!
진짜
별난 회사네

여의도 찻집

여의도
궁전 다방에서
굴굴대더니
사과 box
굴비상자를 황금으로 바꾸는
기발한 상품개발

위하여
위하여 잔 높이 들어
公薦집을 개업

四年만에 서는 場
재미좀 보겠지

꿈과 희망의 길을 찾아서
송병탁의 첫 시집 ≪아직도 남은 하얀 그리움≫

채수영(시인. 문학비평가. 문박)

1. 시의 표정

시는 시인의 표정을 문자로 그리는 그림일 것이다. 여기엔 언어의 격식에 따른 장치(裝置)가 내장되었고, 이를 풀어내면 곧바로 그의 삶에 대한 생각들이 줄기를 따라 나온다. 도시에서 산 사람의 사고에는 일상의 관념이 다 이내믹하게 엉켜져있고, 시골에서 산 사람의 언어에는 산천의 정서가 결합하여 정적(靜的)으로 채색된 스태틱한 무드가 조화를 이루고 있을 것이다. 이 같은 표정은 생애의 체험들이 결국 시로 환생하는 것으로 유추될 뿐만

아니라 토종의 전통과 의식들이 자연과의 조화점을 이루
면서 사고를 구축하는 특성을 만나게 된다. 시는 체험이
고 그 체험을 다시 전달하는 추체험의 양식이기 때문에
얼마나 실감을 자극할 것인가는 결국 시적 성취와 연결
된다. 이 같은 현상이 유연할수록 감동의 촉수를 예민하
게 드러낼 수 있을 것이고 독자는 감동의 파문을 다시 체
험하게 된다.

첫 시집을 상재(上梓)하는 송병탁은 경기도 이천의 작
은 마을에서 어린 시절을 보냈고 도시 유학이후 다시 시
골에서 일생을 보내는 시인이다. 거의 대부분을 전원의
정서가 그의 체취에 들어있고 시 또한 그런 정서가 가득
하다. 그러나 내면에는 고독과 그리움이 상상의 여정을
재촉하고 재치의 언어 감각이 두드러진다.

시골생활 — 옹색하고 불편한 것이 더 많을 지라도 체
념으로 넘어가는 삶의 가파름이 시로 표정을 나타낼 때
는 신선함과 구수한 이야기 혹은 슬픈 가난의 한숨소리
가 가슴을 적신다. 그의 시에는 불합리와 피폐한 농촌의
실상이 드러나기도 하고 쳇바퀴를 돌리는 일상의 표정이
때로는 답답할지라도 시로 환치(換置)하는 언어의 질감

에서 묘미를 나타내는 경구(驚句)가 유난하다. 그렇다고 꾸미고 장식하는 것이 아닌 담담한 시에는 삶에의 이름들이 오히려 다정함을 부추기는 것도 사실이다. 이제 시의 여정을 만나는 길로 들어간다.

2. 시심(詩心)의 표정

시적인 언어는 응축(凝縮)에서 시의 본질을 대면하게 된다. 산문이 풀어내는 본령이라면 시는 오히려 그 반대의 궤도를 선택함으로써 특징을 소화한다. 우선 송병탁의 시는 짧다는 특징이 앞장선다. 이는 함축미를 언어의 탄력으로 바꿀 수 있을 때 여운(餘韻) – 긴 이야기를 내장할 수 있는 여지가 생긴다.

빨강
노랑 분(粉)바르고
기어코
바람났네
진달래

개나리 홀딱 벗었다
까딱하다간
나도 바람나겠다
소문나면 어쩌나

<봄바람>

　밀집된 도시의 특성은 타인이 나와 함께 할 틈이 전혀 없다. 이웃에서 무엇을 하건 그런 건 관심 둘 필요도 없고 또 나와는 무관한 대상일 뿐이다. 그러나 시골은 연결고리로 형성된 집단의 특성이 있기 때문에 나와 타인의 일이 아니라 ‘우리’의 일로 정리된다. 이런 집단의식은 씨족사회의 오랜 습관이 내재된 일이기 때문에 설혹 나쁜 소문이 나면 그는 제외되는 운명을 감내하게 된다. <봄바람>은 송시인의 정서를 가장 극명하게 나타내는 소품의 시이다. ‘바람났네’의 시어는 꽃이 정신없이 핀 모양의 묘사이지만 이를 인간의 일로 의인화(擬人化)하는 언어 기교에서 자극적인 감수성으로 다가온다. 즉, ‘홀딱 벗었다’의 감각성이 곧 ‘소문’의 진원지가 되어 쫓겨 날 염려가 두려움으로 다가오기 때문이다. 다시 말해서 자

기 고장에서 추방된다는 것은 곧 삶의 형태가 짓이겨지
는 일로 치부될 수 있는 도덕적인 흠결이기 때문이다.

꽃이라는 대상물과 시적 자아의 일체화는 곧 시의 특
징을 하나로 결합하는 재치(才致)의 맛을 보여주는 표정
의 일차적 특징이 된다.

두 번째 송시인의 시는 정적(靜的)인 점이다. 요란하거
나 흔들리는 것이 아니고 멈추어 있는 것 같아도 살아있
고, 정지된 것 같지만 움직임을 내면으로 보여주는 특성
－농촌생활에서 체득된 정서는 보이는 것과 보이지 않는
것의 구분이 모호한 듯한 인상을 남긴다.

화롯불
다독이고
군불
지피던 아랫목 사랑
소복
소복
밤눈 내리면
소복(素服)한 어머니

문밖에서
잘들 있느냐 신다

<밤눈>

정지는 운동을 내포할 때, 생명의 윤회가 시작된다. 이는 인연법의 일단이면서 세상 이치를 수용하는 방법의 하나일 것이다. 송시인은 원형이정(元亨利貞)의 원리를 시에 대입하면서 체득된 삶을 수행하는 인상을 준다. 추운 밤 '아랫목 사랑'은 우리네 정서에서 잊혔던 사랑의 추억이고, 삶의 원형(元型)이 들어있던 기억들이다. 밤눈이 소리 없이 내리고 따스함을 불러오는 온기(溫氣)는 사랑과 어머니의 이미지와 연결되는 한적하고 심원(深遠)한 기억의 창고에 남아있는 정서일 것이다. '아랫목 사랑', '어머니'의 안부는 냉혹한 시절을 살아갈 수 있게 만드는 원동력으로의 에너지라는 생각－송병탁의 시는 그렇게 안온하고 따스함을 내면으로 찾아나서는 행보가 들어있는 특성을 갖고 있다.

3. 고독 - 내면의 풍경

고독은 인간이 궁극적으로 도달하는 종점이면서 시작을 동시에 암시하는 행동일 것이다. 고독에서 자기를 발견할 수 있는 의미에서는 종점이지만 여기서 다시 출발의 단초를 말할 수 있는 방법론이 도출된다면 시작에 이름에 더욱 가깝다. 때문에 종점과 시작은 분리되는 것이 아니라 그 중심에 인간 자신의 존재를 깨닫는 일이 고독에서 우선되어야 한다. 이는 선택의 문제가 된다. 송병탁의 시에서는 겉으로 드러나는 고독이 아니라 안으로 잠재된 고독 - 근원적인 호소가 들어있다. <간이역>, <첫눈 오던 날 1>, <초가집>, <너는 나에게> 등은 그리움과 고독이 교차하면서 시인의 심정을 표출하고 있는 시로 보인다.

> 첫눈이
> 기별도 없이 내리던 날은
> 먼 곳에서 다가오는
> 그리움이 있었지
>
> <첫눈 오던 날 1>

눈은 세상을 감싸는 일로 환호를 받고 꿈을 만드는 대상으로 상징화된다면 온갖 표정으로 얼굴을 만드는 인간에게 선망의 대상화가 될 수 있다. 때문에 노소(老少)를 불문하고 눈앞에서는 통일된 의식을 갖게 된다. 그러나 한편으로는 은신(隱身) 혹은 적극성의 회피로 볼 수 있을 때, 그리움의 좌표가 눈에 동화되어 내면으로 사고의 폭을 넓히게 된다. 이는 '첫 만남의 순간'을 잊지 못하는 트라우마가 젊은 날로부터 노년에 이른 지금까지 변함없는 의식의 강을 이끌고 있기 때문이다. 다시 말해서 그리움의 내면화가 겉으로 확대되지 못하고 안으로 축소되면서 끝없는 보폭을 이어왔다는 의미를 강화한다. 이는 시인의 성품을 의미하는 일단의 상징으로 볼 수 있을 때, 외향적이기보다는 내면으로 스스로를 삭히는 성정(性情)이 삶의 표정(表情)이고 또 시적 표정이 되는 셈이다. 시는 시인의 삶을 나타내는 언어의 작업이 등가(等價)를 이룬다는 뜻에서 그렇다.

창가에 기대어
외롭다 할 때

너는
나에게
무슨 말을 해 줄 수 있겠니

하얀 눈 포근히 내리는 날
함께 거닌다면
너는
나에게
어떤 느낌을 줄 수 있겠니

억누를 수 없는
설레임으로
그리움을
감당할 수 없을 때
너는
나에게
어떤 모습으로
다가올 수 있겠니

<너는 나에게>

시적 화자 나와 너의 관계를 설정하는 모습이 은근(慇
懃)하고 내면적인 의식이 지배한다. 다시 말해서 대상이
나에게 어떤 행동을 해주기를 바라는 기다림의 소극적인
그리움이다. 용기와 신념이 행동으로 나서는 것 보다는
사랑을 해주기를 바라는 태도에서 송시인의 성품은 대상
을 존중하는 사고의 일단으로 보인다. 이는 '창가에 기대
어/외롭다 할 때'의 소극적인 나의 태도 앞에 너는 어떤
행동으로 나에게 다가올 수 있는가를 묻는 행태이기 때
문이다. 아울러 '하얀 눈이 포근히 내리는 날'의 분위기
앞에 달려 나가지 못하고 다가오기를 기다리는 시선에서
시인의 모습이 차라리 아름답다. 그리움은 기다림을 낳
고 기다림은 사랑을 키우는 단계로 진전할 수 있기 때문
이다.

4. 시골 풍경

시골정취라는 말은 낭만적인 어휘에 해당할 것이다.
차라리 시골풍경이라면 논과 밭이 있고 투박하고 힘겨운
농부들이 있는 정경을 연상할 수 있을 것이지만 시적인

대상은 항상 아픔과 신음만을 운위(云謂)할 수는 없을 것
이다. 도시 사람들이 생각하는 농촌정취와 풍경은 다르
기 때문이다. 그러나 초가집을 바라볼 때는 사라져가는
아쉬움이 아련해오고 황혼 들녘의 모습에서는 잊혔던 원
초에의 공간이 다가올 것이다. 왜냐하면 인간은 도시이
전에 이미 농촌에서 모든 삶의 시작이 있었기 때문에 돌
아가고 싶은 고향의식이 인간 모두에게 잠재된 까닭이다.

    도시로 가자는

    성화를 못 이겨

    빈집만 남겼다

    솔잎 태우던 아궁이엔

    빈 바람만

    들락날락

    죽기 전에 한 번은

    내려 온 댔다고

    초가집은

    외로운 기다림이다

                <초가집>

온기(溫氣)가 사라진 초가집은 이미 쓸쓸함과 외로움 그리고 고독의 잔영(殘影)이 쓸쓸하게 남아있는 표상이다. 초가집은 가난의 이름이었고 구시대의 낡음을 나타내는 대상이었고 — 도시화로 인한 급격한 변화는 초가집의 운명이 그림 속 전설로 화했지만 돌아보면 옹색함도 추억의 이름 앞에서는 그리움을 불러오게 된다. 연기 가득했던 아궁이가 빈 바람으로 설렁이고, 잡초가 키를 세우는 풍경은 이미 우리 곁을 떠나 회상의 먼 그림이 되었다면, '초가집은/외로운 기다림이다'의 시어에서 쓸쓸함이 더욱 아프다.

가정에서 술을 빚지 못하게 했던 시절에 애환을 담은 <술조사>는 농촌에서만 느낄 수 있었던 에피소드였고, <머슴집 아들>에서는 시대의 변화에서 느끼는 쓸쓸함이 가슴을 적신다. 아울러 <농심 1, 2>에서의 절절함, <아이스께끼>의 추억은 즐거우면서도 아픔을 돌아보는 지난 것들의 파노라마이다. 그러나 슬픈 이름의 <보릿고개>는 절절한 시절의 눈물겨움이 들어있다.

보릿싹

너울너울

찔레꽃 필 때면

빈 독에 바구미도

같이 굶었네

<보릿고개>

　어느 시인은 보릿고개는 에베레스트 산보다도 더 높았다고 했다. 그만큼 슬픔의 산이었고 넘기 힘겨운 삶의 고통이었으니, 쌀독에서 기생(寄生)하는 바구미인들 굶어죽을 수밖에 없는 서러운 전설의 이름이었다. 초근목피(草根木皮)로 연명하던 시절에, 보리가 익을 무렵의 극심한 가난은 형용할 수없는 배고픔이었고 견디기 힘겨운 통증이었다. 이 높은 고개를 넘어온 전설 — 참으로 우리의 전설이었다. 봄꽃들이 피어나는 흐드러진 풍경과 아픈 시절에 겪었던 이름들이 주마등(走馬燈)으로 추억의 길을 찾아가는 오늘에서 시인은 상념(想念)의 거울을 닦고 있는 모습이 회고적이다. 이런 근거로 볼 때, 송시인의 작품은 봄이 오는 길목에서 시상(詩想)의 이름들이 번다(煩多)한 이유를 발견할 수 있게 된다. 그만큼 깊게 각인

(刻印)된 아픔이 역설적으로 그리운 이름이 되어 회고할
수 있기 때문이다.

5. 농민의 아픔

인간의 숙명은 본질적으로 아픔이라는 뜻 - 고행(苦
行)이라는 말이 보편적인 현상일 것이다. 삶의 언덕은 항
상 높았고 질식할 것 같은 허기가 다가들 때, 두 가지의
태도가 분기(分岐)한다. 정면으로 맞받아치는 행동이 있
을 수 있고, 더러는 순응의 태도로 삶의 형태가 분기한다.
전자가 옳은가 아니면 후자가 당연한가는 정답으로 처리
할 일이 아니다. 선택적이고 자의적(恣意的)이기 때문에
오로지 시인 자신의 목청으로 발설된다. 도시인은 도시
적인 통증이 있고, 농민은 농민의 삶이 저마다의 애환으
로 엮어진다.

조합빚 내 공부시킨
아들이 모신대도
손 놓으면

땅 묵을라 꿈쩍도 않네

땅 파는 것도
다 내 팔자란다

<팔자>

땅에서 소득을 얻고 땅에서 생명줄을 이어가는 농민의
삶은 피폐(疲弊)와 가난의 멍에를 짊어지고 허기진 일상
을 넘어가는 일이 다반사일 것이다. 주어진 운명을 숙업
(宿業)으로 이어받으면서 달리 변통이 없는 - 일확천금
의 방도가 없는 삶은 농민들의 고달픈 탄식일 수밖에 없
는 경우이다. '조합빚', '땅 묵을라' 등의 시어에서 팔자
라는 시어(詩語)의 깊이가 눈물겹다. 이런 현상은 오늘의
농촌표정이고 엄혹한 현실의 장면이다.

겨울 명절 다 가고 허리 휘일만 남았다는
늙은이 서넛
등골 빼 땅 파봐야 남는 게 뭐있느냐며
노가리 연기 꾸역꾸역 피운다

<봄 오는 길목>

'허리 휘일만 남았다는' 의미는 농가 부채를 갚아야 할 고통일 것이다. 달리 방도가 없는 타개책 앞에 막막한 마음을 달래기 위해 '서넛'의 노인들이 둘러앉아 쓴 술잔을 돌리는 마음에는 시름이 흐르고 있다. 이를 부추기는 술안주 노가리가 '꾸역꾸역' 타오르는 연기의 암시는 분노의 상징이 되어 시의 옷을 입는다. 어쩔 수없는 암담한 현실을 이끌어가는 현상은 희망이 압살(壓殺) 당했고 오로지 살아있음을 부지(扶持)하는 일이 삶의 모두라는 데서 비극적인 풍경이 차갑게 밀려든다.

송시인은 농촌에서 태어나고 성장한 삶의 시선이 담담하면서 객관적인 거리를 유지하는 언어의 함축이 따스함으로 채워지기를 소망하는 염원이 '봄 오는 길목'이라는 시적 의도를 나타낸다. 다시 말해서 분노하거나 저항하는 몸짓이기보다는 받아들이면서도 비판의 체온이 들어 있는 시적 표현이라는 뜻이다.

6. 가족의 애환

송병탁 시인의 시는 부드럽고 자상하다. 그러나 매섭고 칼칼함이 이성적이라면 따스하고 정다움에서는 인간미가 포근하게 다가온다. 즉 부드러움에서는 정이 들어 있어 자칫 나약함에 떨어질 수 있을 지라도 오히려 생명력의 끈기를 내장하는 미학이 담길 수 있다면 송시인은 후자에서 빛을 발하는 것 같다. 손자를 사랑하는 마음이나 외할아버지 그리고 할아버지 또는 어머니나 아버지에 대한 정회(情懷)가 깊고 여기서 안온함을 느낀다. 시는 인간을 말하는 일이기에 가족은 곧 나의 표정이고 나의 분신이라는 생각이 시의 따스함과는 연결되는 부분이기 때문이다.

소싯적
호롱불에
누야 손잡고
쉿골 주막집

불꺼진

뒷마루에
세상모르는 아버지

푸덤 꽤나 썩던
우리 엄마

       <아버지 - 내 유년에는 1>

　아버지에 대한 추상(追想)이다. 약주를 잡숫고 쉿골의 주막집에 세상 잊은 듯 주무시는 아버지를 누이와 함께 찾아 나선 어린 마음이 슬프다. 그러나 시적 화자는 이를 감추고 성화를 내시는 '우리 엄마'를 대신 끼워 넣음으로써 슬픈 장면을 가리는 기교(技巧)를 보인다. 누이의 울음과 손잡고 따라나선 시인의 눈자위에 흐르는 안타까움은 희망이 압살당하는 농촌의 현상이었고, 삶의 길이 고단하고 슬프다는 아버지의 저항이 통증일 수밖에 없는 현실을 술로 대변하는 모습이었기 때문이다.

　걸핏하면
집나간 서방

이제나

저제나

먼 산만 봤다지

청솔가지

부뚜막에 흐르는 눈물

속울음 삭였다지

<어머니>

　가족을 외면하고 집나간 지아비를 원망하는 어머니의 통탄은 '먼 산만 봤다지'의 막연한 표현에서 객관적인 암시로 어머니의 슬픔을 가리고 있다. 다시 말해서 내 어머니의 경우도 되고 타인의 경우로도 해석할 수 있는 넓은 경계를 설정함으로써 시적 해석의 길이 확대된다. 아울러 '청솔가지/부뚜막에 흐르는 눈물'은 곧 어머니의 눈물이지만 간접기교로 표출함으로써 이른바 ambiguity의 한계를 넓히는 능력을 보이는 부분이다. '속울음'과 '부뚜막에 흐르는 눈물'은 곧 어머니의 일생이었고, 한탄이었고, 숙명이었다는 상징 앞에 숙연해지는 표현이 된다.

할머니는
맷돌과 함께 살았다
타드는 가난에도
맷돌을 돌리며 속으로 울었다
할머니는
맷돌과 함께 한(恨)을 풀었다
〈할머니와 맷돌〉

일치(日治)하를 살아온 시인의 할머니와 아버지의 세
대는 가난과 시대적인 통증이 엄습했고 사는 일이 곧 슬
픔의 모두였던 시절에 일상의 일은 죄인의 무게로 견디
기 어려운 나날이었다. 때문에 '타드는 가난'이 곧 벗어
날 길 없는 숙제였지만 암담함만 첩첩이었던 시절의 이
야기이다. 희망이 없는 일상이었기에 이를 지켜보는 지
어미 또한 '울었다'와 '한'을 삭이는 일이 맷돌을 돌리면
서 시름을 묻었을 것이다.

돌아보는 일은 비록 아련할지라도 다시 되짚을 수없는
추억에서는 아름답게 보인다. 송시인의 의중에는 지난날
들의 기억이 서럽고 아프더라도 정(情)으로 엮인 가족들

의 사랑을 되돌아보면서 오늘의 자화상을 대면하려는 의
도가 포근한 이야기와 같이 파스텔 토운이 된다.

7. 사회풍자

사회는 모순에서 출발하고 또 모순을 해결하려는 일에
진력(盡力)할 때, 비로소 사회기능이 움직이게 된다. 아
울러 인간은 사회의 구조에서 벗어날 수 없는 세계내(世
界內) 존재이기 때문에 거대한 조직의 부분이 되어 다시
구성원의 임무를 다하면서 파생되는 모순 앞에 신음하는
역설의 존재일 뿐이다. 시인은 이런 삶의 궤적을 따라 아
픔과 신음을 시화(詩化)의 방법을 찾아 나선다. 이른바
풍자(諷刺)는 인간의 어리석음과 욕망, 그리고 불합리한
사회현실을 고발함으로써 카타르시스의 만족을 위해 당
위적 현실을 찾아나서는 방법 — 순화를 위한 발언이라는
뜻이다. 세속적인 것 그리고 부조리를 폭로하고 비판하
기 위해서는 대상을 철저하게 부정하거나 외면하는 일이
지적(知的)으로 작동될 때, 비판의 날선 교훈이 길을 만
들게 된다.

당사는
국내 유일 기업
부도 염려 절대로 없음

전과나
사면 경력자
특히
폭력 전과자 대환영

주식회사
여의도 백(白)

어!
진짜
별난 회사네

<국회>

통렬한 비판의 날이 반짝인다. 국회가 제 기능을 못하
는 불합리의 공간이라는 비난이 드센 것은 이미 모두 아

는 일이다. 국민의 수준보다 한참 아래 수준으로 행동하
는 사람들만 모여서 민주주의를 토론하지만 가장 비민주
적으로 투영되는 비생산의 장소로 여긴다. 그러면서도
필요를 인식해야 하는 점에서 우리의 대의정치는 수준의
높이가 여전 불합리하다. 이를 꼬집는 일은 곧 사회의 정
화기능이 시의 모티브로 작용하는 풍자(諷刺)인 셈이다.

    벌 기르기 삼 년째
    아까시아
    어찌나 흐드러지던지
    재주치고는
    제법 꿀을 땄는데

    웬걸
    간밤에 도둑맞고
    분을 못삭이는데

    네 놈은
    도둑 아니냐며

화끈하게 쏘는 벌

<도둑>

입장의 변화는 주객을 전도(顚倒)시킨다. 벌의 입장에서 볼 때, 인간은 도둑이고 인간의 입장에서는 꿀을 앗아가는 벌은 경계의 대상이다. 어느 것이 불합리한가는 답안으로 정할 수없는 일이기에 망연해진다. 가령 인간의 세계에만 신(神)이 있다. 다시 말해서 신을 인간이 설정했을 뿐이지 애당초 신은 인간을 구분하는 일에는 관심이 없다. 그러나 인간은 신을 만들어 열성으로 자기 암시를 퍼붓는다. 역시 같은 이치라면 기준자(尺)를 어떻게 합리적으로 만들 것인가는 해답이 묘연해진다. <새똥에선 왜 구린내가 안날까>, <아서라 아서라>, <원조>, <국회>, <여의도 찻집> 등은 예리한 비수(匕首)로 사회의 모순에 메스를 가하려는 모습이 의연하다. 그러나 해답은 없다. 시는 해답을 마련하는 장치가 아니기 때문에 시인의 잘못은 아니다.

8. 에필로그 – 꿈과 희망의 메시지

시인은 자기 거울을 만들어 다시 자기를 투영하고 사회의 풍경을 보여주는 창조주일 것이다. 무슨 풍경화를 만들 것인가는 결국 개성의 이름으로 나타날 때, 비로소 자기만의 성(城)을 구축할 수 있고, 여기에 완전한 성주(城主)의 임무를 수행하게 된다.

송병탁 시인의 시에는 소곤거리는 음성이 나긋하다. 그리고 에스프리의 풍미는 시의 맛을 높이는 양념이면서 깊은 맛을 가미하는 기교가 뚜렷하다. 그의 내면 풍경은 화려한 것보다는 진솔하고 내성적이면서도 질박(質朴)한 정감을 나타냄으로써 개성의 문패를 달고 있다. 고독은 보이지 않는 기류(氣流)를 형성하면서 시의 모든 호흡에 관류(貫流)하고 있을 뿐만 아니라 시골정취에 익숙한 표정이 때로는 아슬함으로 풍경화를 그리고 있다.

농촌의 어려움이 조용한 주장으로 길을 내는가하면 여기서 삶의 체험이 축적되어 시적 표현을 관리한다. 사회 풍자의 모습에는 날카롭고 깊은 촌철살인의 깊이는 아닐지라도 그의 내면을 잘 보여주는 일면 자기 카타르시스의 방편이 되는 것 같다.

가족의 모습을 그리는 시인의 의도는 곧 민족사의 이면을 규지(窺知)할 수 있는 통로가 되는 점에서 모든 사람들－아버지의 이야기이고, 어머니의 슬픔은 곧 이 땅 지어미들의 고통이고 슬픔이었다. 이 같은 언덕을 넘어 행복이나 희망의 추구가 보편적인 가치로 꿈꾸는 데서 송병탁의 시는 꿈과 희망의 메시지를 보내려는 노력의 모습이 인상적인 시인이다.*

***지은이 소개**

송병탁(如如)

경기 이천 출생
동대문 상고 졸업
동국대 국어국문학 수학
지방 공무원 퇴임
1997년 문예사조 시 등단
한국 문인협회 이천시 지부장 역임
한국 문인협회 회원

상 훈
대통령 포장
내무부 장관상
농수산부 장관상

e-mail : sbt.1947@hanmail.net

아직도 남은 하얀 그리움

초판 1쇄 인쇄일	| 2011년 2월 7일
초판 1쇄 발행일	| 2011년 2월 8일

지은이	| 송병탁
펴낸이	| 정진이
총괄	| 박지연
편집 · 디자인	| 이솔잎 김현경 나영미
마케팅	| 정찬용
관리	| 한미애 김민주
인쇄처	| 월드문화사
펴낸곳	| 새미

등록일 2005 13 14 제17-423호
서울시 강동구 성내동 447-11 현영빌딩 2층
Tel 442-4623 Fax 442-4625
www.kookhak.co.kr
kookhak2001@hanmail.net

ISBN	| 978-89-5628-569-6 *03800
가격	| 12,000원

* 저자와의 협의하에 인지는 생략합니다.
새미는 국학자료원의 자회사입니다.
잘못된 책은 구입하신 곳에서 교환하여 드립니다.